繪本 356

SEL 繪本　自我覺察篇

三個橘色的點

文・圖｜張筱琦

責任編輯｜張佑旭　美術設計｜王慧雯　行銷企劃｜張家綺、高嘉吟
天下雜誌群創辦人｜殷允芃　董事長兼執行長｜何琦瑜

媒體暨產品事業群
總經理｜游玉雪　副總經理｜林彥傑　總編輯｜林欣靜　行銷總監｜林育菁
資深主編｜蔡忠琦　版權主任｜何晨瑋、黃微真
出版者｜親子天下股份有限公司　地址｜台北市 104 建國北路一段 96 號 4 樓
電話｜（02）2509-2800　傳真｜（02）2509-2462　網址｜www.parenting.com.tw
讀者服務專線｜（02）2662-0332　週一～週五：09:00~17:30
傳真｜（02）2662-6048　客服信箱｜parenting@cw.com.tw
法律顧問｜台英國際商務法律事務所・羅明通律師
製版印刷｜中原造像股份有限公司
總經銷｜大和圖書有限公司　電話：（02）8990-2588

出版日期｜2024 年 3 月第一版第一次印行
定價｜350 元　書號｜BKKP0356P　ISBN｜978-626-305-705-0（精裝）

訂購服務 ─────────────
親子天下 Shopping｜shopping.parenting.com.tw
海外・大量訂購｜parenting@cw.com.tw
書香花園｜台北市建國北路二段 6 巷 11 號　電話（02）2506-1635
劃撥帳號｜50331356　親子天下股份有限公司

國家圖書館出版品預行編目 (CIP) 資料

三個橘色的點 / 張筱琦文.圖. -- 第一版. -- 臺北市
: 親子天下股份有限公司, 2024.03
36面；19X26公分. -- (繪本；356P)
(SEL繪本. 自我覺察篇)
ISBN 978-626-305-705-0(精裝)

863.599　　　　　　　　　　113001120

立即購買 >

親子天下　親子天下 Shopping

親子天下 有聲故事書

三個橘色的點

文圖‧張筱琦

忘ㄨㄤˋ記ㄐㄧˋ從ㄘㄨㄥˊ什ㄕㄣˊ麼ㄇㄜˉ時ㄕˊ候ㄏㄡˋ開ㄎㄞˉ始ㄕˇ，
我ㄨㄛˇ的ㄉㄜˉ後ㄏㄡˋ面ㄇㄧㄢˋ一ㄧ直ㄓˊ跟ㄍㄣˉ著ㄓㄜˉ
三ㄙㄢˉ個ㄍㄜˋ橘ㄐㄩˊ色ㄙㄜˋ的ㄉㄜˉ點ㄉㄧㄢˇ。

我以為睡了一覺起來，
就會沒事了。

可是ㄕ三ㄙㄢ個ㄍㄜ橘ㄐㄩ色ㄙㄜ的ㄉㄜ點ㄉㄧㄢ還ㄏㄞ在ㄗㄞ。

往前走了一陣子，

小河邊有人用網子在撈魚。

他不小心撈走了一個橘色的點。

我好高興。

我決定轉過身去，
對著剩下的兩個橘色的點

大吼大叫。

這樣可以趕走它們嗎？

我惡狠狠的吃了
很多橘子，
還故意不剝皮。

這樣可以嚇跑它們嗎？

我_{ㄨˇ}把_{ㄅㄚˇ}自_{ㄗˋ}己_{ㄐㄧˇ}

藏_{ㄘㄤˊ}起_{ㄑㄧˇ}來_{ㄌㄞˊ}。

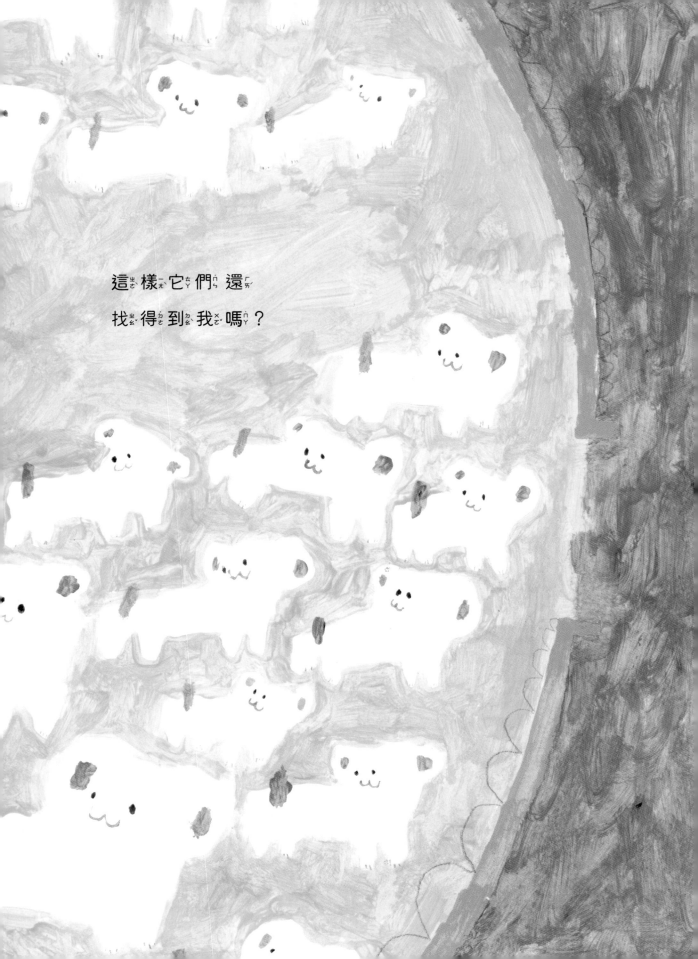

這樣它們還
找得到我嗎？

啊！如果戴上帽子呢？

帽子店裡有好多帽子。
頭髮很少的老闆
得搬好幾張椅子
才能幫我拿到我最喜歡
的那一頂帽子。

我ㄨㄛˇ什ㄕㄣˊ麼ㄇㄜ˙都ㄉㄡ看ㄎㄢˋ不ㄅㄨˋ到ㄉㄠˋ，
感ㄍㄢˇ覺ㄐㄩㄝˊ好ㄏㄠˇ多ㄉㄨㄛ了ㄌㄜ˙。
戴ㄉㄞˋ上ㄕㄤˋ帽ㄇㄠˋ子ㄗˇ真ㄓㄣ是ㄕˋ個ㄍㄜˋ好ㄏㄠˇ辦ㄅㄢˋ法ㄈㄚˇ！

怎麼有這麼多車子？

我ㄨㄛˇ拼ㄆㄣ命ㄇㄧㄥ閃ㄕㄢˇ過ㄍㄨㄛ一ㄧ輛ㄌㄧㄤˋ又ㄧㄡˋ一ㄧˊ輛ㄌㄧㄤˋ的ㄉㄜ車ㄔㄜ子ㄗˇ，

不停的前進。

大(ㄉㄚˋ)風(ㄈㄥ)來(ㄌㄞˊ)了(ㄌㄜ˙)，
我(ㄨㄛˇ)趕(ㄍㄢˇ)快(ㄎㄨㄞˋ)抓(ㄓㄨㄚ)緊(ㄐㄧㄣˇ)帽(ㄇㄠˋ)子(ㄗ˙)。

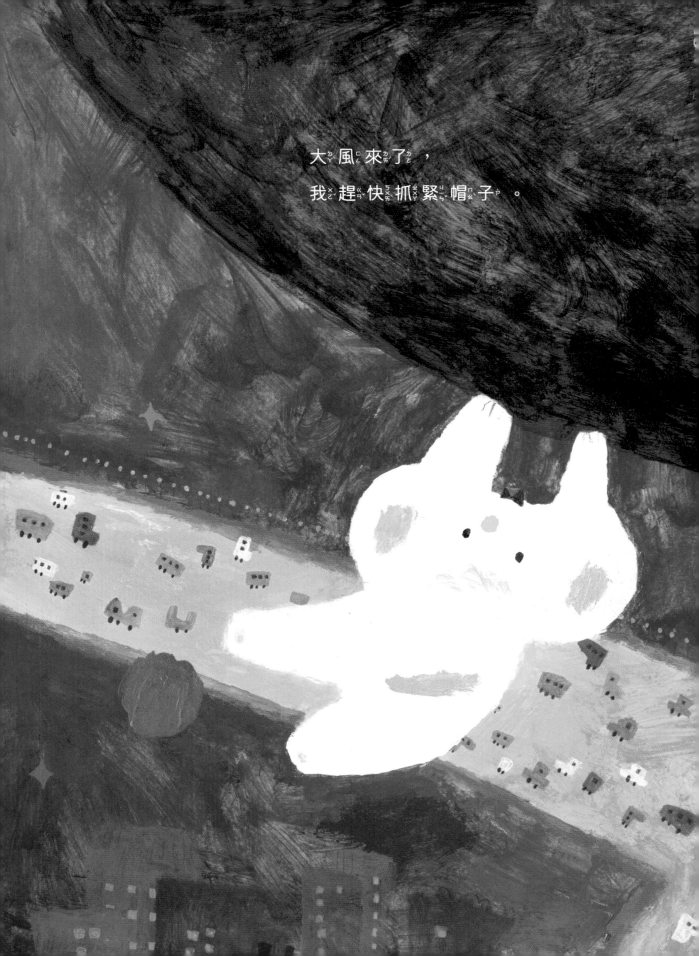

咦-?! 太好了，
現在後面只剩下
一個橘色的點了。

我家附近那隻有禮貌的大狗，
打了一個大哈欠。

啊姆！

橘色的點都不見了！

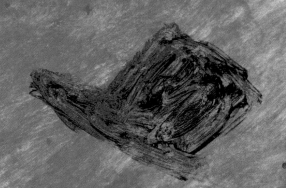

啊ㄚ，終ㄓㄨㄥ於ㄩ到ㄉㄠ家ㄐㄧㄚ了ㄌㄜ。
會ㄏㄨㄟ不ㄅㄨ會ㄏㄨㄟ也ㄧㄝ有ㄧㄡ人ㄖㄣ需ㄒㄩ要ㄧㄠ這ㄓㄜ頂ㄉㄧㄥ帽ㄇㄠ子ㄗ呢ㄋㄜ？